AF561062

PERSÉE,

TRAGÉDIE-LYRIQUE

REMISE EN TROIS ACTES,

REPRÉSENTÉE

POUR LA PREMIERE FOIS,

PAR L'ACADÉMIE-ROYALE

DE MUSIQUE,

Le Mardi 24 Octobre 1780.

PRIX XXX SOLS.

AUX DÉPENS DE L'ACADEMIE.

De l'Imprimerie de P. DE LORMEL, Imprimeur de ladite Académie, rue du Foin Saint-Jacques, à l'Image Sainte Genevieve.

On trouvera des Exemplaires du Poëme à la Salle de l'Opéra.

M. DCC. LXXX.

AVEC APPROBATION ET PRIVILEGE DU ROI.

Les Paroles de QUINAULT.

La Musique de M. PHILIDOR.

ACTEURS ET ACTRICES
CHANTANTS DANS LES CHŒURS.

CÔTÉ DU ROI.		CÔTÉ DE LA REINE.	
Messieurs	*Mesdemoiselles.*	*Messieurs.*	*Mesdemoiselles.*
Péré..	Dubuisson.	Candeille.	d'Agée.
Héri.	d'Hautrive.	Larlat.	des Rosières.
Poussez.	Veron.	Capoi.	Chenais.
Martin.	Garrus.	Hilden.	Thaunat.
Lagier.	Rouxelin.	Méon.	Paris.
Rey.	Sanctus.	Cleret.	Gavaudan, c.
Legrand.	Prieur.	Baillon.	Isidore.
Cavaillier.	Dumoutier.	Fagnan.	Eugénie.
Moulin.	Charmois.	Tacusset.	Joséphine.
Huet.	Leclerc.	De Lori.	Armand.
Itasse.	Deslions.	Joinville.	Le Bœuf.
Jouve.	Chaumont.		Fel.
Bouvard.	Lorpin.		
Jalaguier.	La Maniere.		

ACTEURS.

CÉPHÉE, *Roi d'Ethiopie*,	M. Moreau.
CASSIOPE, *Epouse de* CÉPHÉE,	Mlle. Duplant.
ANDROMEDE, *Fille de* CÉPHÉE *& de* CASSIOPE.	Mlle. Le Vasseur.
PERSÉE, *Fils de Jupiter*,	M. Le Gros.
PHINÉE, *Prince d'Ethiopie*,	M. l'Arrivée.
MERCURE,	M. Laîné.
MÉDUSE,	Mlle. Duranci.
EURYALE, } *Gorgones*,	Mrs. Rousseau.
STENONE, }	Perré.
ORCAS, *Ethiopien*,	M. Chéron.
PROTÉNOR, *idem.*	M. Laïs.
UN CYCLOPE,	M. Durand.
UN TRITON,	M. Perré.
VÉNUS,	Mlle. Châteauvieux.
UNE NYMPHE *guerriere*,	Mlle. Joinville.

La Scêne est en Ethiopie.

PERSONNAGES DANSANTS.

ACTE PREMIER.

PEUPLES.

M. VESTRIS, f.

Mlle THÉODORE.

NYMPHE GUERRIERE.

Mlle DORLAY.

PEUPLES.

Mles GERVAIS, CREPEAU, CARRÉ, COULON.

CYCLOPES.

Mrs. Caſter, Clerget, Delahaye, Guillet, j.,
Largilliere, Duſſet, la Rue, le Roi, 2.

NYMPHES GUERRIERES.

Mlles. Jenny, Puiſieux, Martin, Rozette, la Croix,
Camille, Vilette, Darcy.

ACTE SECOND.

PEUPLES D'ÉTHIOPIE.

Mlles. ALLARD, PESLIN.

M. NIVELON. Mlle. DORIVAL.

Mlle. ZANNOUZZI.

Mrs. Le Breton, Abraham.

Mlles. Auguſte, Saulnier.

Mrs. Simonet, le Bel, Hennequin, l., Guillet, l.,
Duchaîne, Dangui, Desbordes, Coindé.

Mlles. Jenny, Puisieux, Jouveau, le Houx, Camille, Thiste, la Croix, Neuville.

ACTE TROISIEME.

SUITE DE *VÉNUS.*

PLAISIRS ET *JEUX.*

M. VESTRIS, p.

HÉBÉ. Mlle. HEYNEL.

NYMPHE COMPAGNE DE *VÉNUS.*

Mlle. GUIMARD.

PLAISIR. M. GARDEL, l.

GRACES.

Mlles. GERVAIS, CREPEAUX, GRENIER.

Mrs LE DOUX, OLIVIER.

Mrs. Caster, Clerget, Guillet, j., Delahaye, Duffel, Largilliere, le Roi, 2., Pladix.

Mlles. Henriette, Carré, Bernard, la Croix, Camille, Vilette, Gibaffier, Darcy.

SIX AMOURS.

Mrs Cantagrelle, Bogat, Doué, Deschamps, Auguste, Lafitte.

SIX PETITES NYMPHES, Suivantes d'HÉBÉ.

Mlles Esther, Bourgeois, c. Delille, St Julien, Prud'homme, Despereſſe.

PERSÉE,

TRAGÉDIE-LYRIQUE.

ACTE PREMIER.

Le Théâtre représente le Vestibule du Temple de JUNON.

SCÊNE PREMIERE.

CASSIOPE, CEPHÉE, PERSÉE, PHINÉE, LE PEUPLE.

LE CHŒUR.

DIEUX, redoutables ennemis!
Pardonnez à des cœurs soumis.

Écartez ce fléau terrible,
Sauvez-nous de ce monſtre horrible.

Dieux, *&c.*

CASSIOPE.

Peuple, devant vous je m'accuſe.
Mon orgueil attire ſur vous
L'horrible fureur de Méduſe :
De l'auguſte Junon elle ſert le courroux.
Heureuſe épouſe, heureuſe mere,
Trop vaine d'un ſort glorieux,
J'ai ſeule excité la colere
De la Souveraine des cieux.
J'ai comparé ma gloire à ſa gloire immortelle;
La Déeſſe punit ma fierté criminelle.
Uniſſez-vous à moi, dans la ſolemnité
Des jeux que pour elle on prépare.
Il faut que mon reſpect répare
Le crime de ma vanité.

LE *CHŒUR.*

Hâtez-vous de fléchir ſa haine,
Hâtez-vous de nous ſecourir.
Trop malheureuſe Reine,
Nous allons tous périr.

CEPHÉE.

CEPHÉE.

Et nous, Perſée, allons implorer l'aſſiſtance
Du Dieu qui vous donna le jour.

PERSÉE.

Ah! qu'il faſſe pour vous éclater ſa puiſſance:
C'eſt le gage qu'un fils attend de ſon amour.

(*Cephée & Persée ſe retirent. Le Peuple les ſuit.*)

SCÊNE II.

CASSIOPE, PHINÉE.

CASSIOPE.

HÉlas, Prince! au lieu de ces fêtes,
Qui devoient, par des nœuds ſi doux,
Unir Andromede avec vous;
Quel deuil affreux! le Ciel menaçant ſur nos têtes,
L'abîme ſous nos pas, & la mort devant nous!

(*Elle entre dans le Temple.*)

SCENE III.

PHINÉE, *seul.*

LEurs malheurs finiront ; le mien eſt ſans remede.
O ciel ! à mes tourmens quel ſupplice eſt égal !
Perſée eſt aimé d'Andromede !
Fier dépit, venez à mon aide,
Rompez un lien trop fatal.
Dans la fureur qui me poſſede,
Que ne puis-je à Méduſe expoſer mon rival !

SCENE IV.

PHINÉE, ANDROMEDE.

PHINÉE.

QUoi ! vous m'évitez, inhumaine !

ANDROMEDE.

Je viens mêler mes pleurs aux larmes de la Reine.

PHINÉE.

Non, vous avez beau feindre, & je lis dans vos yeux.
Mon rival eſt aimé, je vous ſuis odieux.

ANDROMEDE.

Par le chagrin qui vous dévore,
Venez-vous redoubler encore
Des maux déja ſi rigoureux ?
Qui jamais fut jaloux d'un rival malheureux ?

PHINÉE.

Non, je ne puis ſouffrir qu'il partage une chaîne
Dont le poids me paroît charmant.
Quand vous l'accableriez du plus cruel tourment,
Je ſerois jaloux de ſa peine.
Mais tout me dit qu'il eſt content
Des préférences qu'on lui donne ;
Oui, tout me dit qu'il eſt content.
L'Amour que l'eſpoir abandonne,
Eſt moins tranquile & moins conſtant.

ANDROMEDE.

Quel plaiſir prenez-vous à vous troubler vous-même?
Que voyez-vous en moi qui vous doive alarmer ?
Je ſuis votre rival.

PHINÉE.

On fuit ce que l'on aime,
Quand on craint de le trop aimer.

DUO.

Laissez une inutile feinte.
L'Amour a trompé mon espoir.

ANDROMEDE.

Cessez une inutile plainte.
Mon pere a dicté mon devoir.

PHINÉE.

Vous ne cédez que par contrainte.

ANDROMEDE.

Mon pere a dicté mon devoir.

ANDR. } Cessez, *&c.*
PHIN. } Laissez, *&c.*

PHINÉE.

Mon malheur est extrême ;
Je ne puis m'abuser.

ANDROMEDE.

Est-ce ainsi que l'on aime ?
Quoi ! toujours m'accuser !

PHINÉE.

L'Amour sert d'excuse lui-même
Aux soupçons qu'il a pu causer.

ANDROMEDE.

L'Amour est puni par lui-même
Des soupçons qu'il a pu causer.

PHINÉE.

Laissez une inutile feinte, &c.

ANDROMEDE.

Cessez une inutile plainte, &c.

SCENE V.

(*Le Temple s'ouvre.*)

LES ACTEURS PRÉCÉDENTS, CASSIOPE, LES PRÊTRES, LE PEUPLE.

CASSIOPE sortant du Temple.

O Junon, puissante Déesse,
Qu'on ne peut assez révérer!
J'assemble en votre nom cette aimable jeunesse,
Que le flambeau d'Himen doit bientôt éclairer.

LE *CHŒUR avec CASSIOPE.*

Laissez calmer votre colere,
Et faites cesser nos malheurs.

Celui d'avoir pu vous déplaire,
A déja coûté tant de pleurs !

SCÊNE VI.

LES ACTEURS PRÉCÉDENTS, ORCAS.

ORCAS.

FUyons ; nos vœux ſont vains, & Junon les refuſe.
De nouveaux malheureux en rochers convertis,
Ne nous ont que trop avertis
Qu'on a vû paroître Méduſe.

Une partie du CHŒUR.

Méduſe revient dans ces lieux !

Une autre Partie.

Gardons-nous de la voir : la mo[illegible] ſt dans ſes yeux.

GRAND CHŒUR.

Fuyons ce monſtre terrib[illegible].
Sauvons-nous, s'il eſt poſſible.
Elle arrive ſur nos pas.
Fuyons un affreux trépas.

SCENE VII.

CASSIOPE, ANDROMEDE, PHINÉE, PROTENOR.

PHINÉE, à CASSIOPE.

DAns ce Temple, avec vous, emmenez la Princeſſe.

CASSIOPE.

Dieux ! ne puis-je eſpérer de vous fléchir jamais?

ANDROMEDE effrayée.

Et mon pere ! & Perſée !

PROTENOR en arrivant.

Ils ſont dans le Palais:
Raſſurez-vous ; le danger ceſſe ;
Méduſe ſe retire, elle nous laiſſe en paix.

CASSIOPE.

Elle peut revenir, elle peut nous ſurprendre.
Junon s'obſtine à ſe venger.
Allez, ma fille, allez ; c'eſt à vous d'engager
Le fils de Jupiter, Perſée à nous défendre,
Et ſon pere à nous protéger.

(*ANDROMEDE ſort.*)

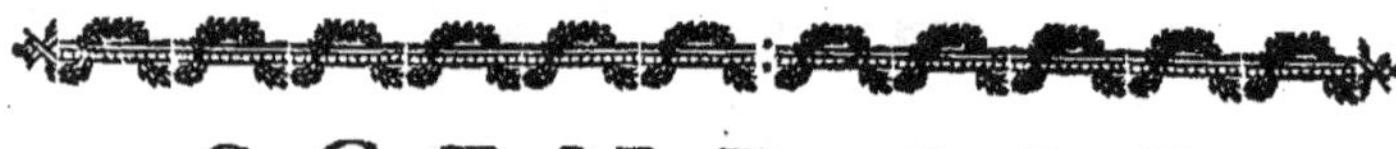

SCENE VIII.

PHINÉE, CASSIOPE.

PHINÉE.

QU'entends-je? en ſa faveur, Reine, allez-vous changer?

CASSIOPE.

Le Ciel punit mon crime; il eſt inexorable:
J'ai beſoin de fléchir la rigueur de ſa loi.

PHINÉE.

Ah ſi le Ciel eſt équitable,
Vous trouveroit-il moins coupable
Quand vous m'auriez manqué de foi?
Et que peut-il, plus que moi,
Ce mortel qu'on me préfere?
O toi, Jupiter, ô toi,
Qu'il oſe appeller ſon pere,
Dût m'écraſer ta colere,
L'Amour au déſeſpoir ne connoît point l'effroi.

SCÊNE

SCENE IX.

PHINÉE, CASSIOPE, CÉPHÉE, PROTENOR, LE PEUPLE.

PHINÉE, à CÉPHÉE.

VOus m'avez promis Andromede.
A l'amour de Perſée on veut que je la céde ;
M'ôterez-vous un bien que vous m'avez donné ?
Au fils de Danaé ſera-t-il deſtiné ?

CÉPHÉE.

Au fils de Jupiter on peut céder ſans honte.

PHINÉE.

Et croyez-vous auſſi la fable qu'il raconte ?
Croyez-vous qu'un Dieu ſouverain,
Qui ſur tout l'univers préſide,
Se laiſſa, par l'Amour, changer en or liquide,
Pour entrer, en ſecret, dans une tour d'airain ?

CÉPHÉE.

Votre incrédulité n'aura donc plus d'excuſe.
Reconnoiſſez le ſang du plus puiſſant des Dieux.
Il oſe combattre Méduſe.

CASSIOPE, PHINÉE, PROTENOR,
LE CHŒUR.

Lui ! combattre Médufe ! ô Cieux !

CEPHÉE.

Ma fille eſt le prix qu'il demande.

CASSIOPÉ, vivement.

Elle eſt à lui ; qu'il la défende.
Quel prix peut trop payer cet effort glorieux ?
Ah ! je ſens dans mon cœur l'eſpérance renaître.

CASSIOPE & LE CHŒUR.

Dieux irrités, appaiſez-vous.
Le fils de Jupiter veut combattre pour nous :
O Ciel ! favoriſez le fils de votre maître.

(*Le Théâtre change, & repréſente les Jardins du Palais de* CÉPHÉE.)

SCENE X.

ANDROMEDE, *seule.*

INfortunés, qu'un monſtre affreux
A changés en rochers par ſes regards terribles,
Vous ne reſſentez plus vos deſtins rigoureux,
Et vos cœurs endurcis ſont pour jamais paiſibles;
Il en eſt de plus malheureux.

Il veut périr; j'en ſuis la cauſe:
Peut-être, il vient me dire un éternel adieu.
Pour le déſeſpérer je l'attends dans ce lieu.
Je veux le dégager du péril où l'expoſe
L'eſpoir qui l'anime en ce jour:
Je veux que le dépit s'oppoſe
A l'imprudence de l'Amour.

SCENE XI.

PERSÉE, ANDROMEDE.

PERSÉE.

BElle Princeſſe, enfin vous ſouffrez ma préſence.

ANDROMEDE.

Seigneur, on me l'ordonne, & je ſuis mon devoir.

PERSÉE.

J'aurois voulu ne pas ſavoir
Que je ne dois ce bien qu'à votre obéiſſance.
N'importe ; rien ne peut ébranler ma conſtance.
J'ai ſçu juſqu'à ce jour vous aimer ſans eſpoir.
Je vais avec ardeur prendre votre défenſe,
Quand je n'aurois pour récompenſe
Que la ſeule douceur que je ſens à vous voir.

ANDROMEDE.

Non, ne vous flattez pas. Je ne veux vous rien taire.
Vous m'aimez vainement ; Phinée a ſu me plaire ;
Nos deux cœurs ſont unis. Quel prix eſpérez-vous
D'une entrepriſe d'angereuſe ?
Quand vous ſeriez vainqueur, votre ame eſt géné-
reuſe,
Et vous ne voulez pas rompre des nœuds ſi doux.

PERSEE.

Je ſerai malheureux, déſeſpéré, jaloux ;
Mais je mourrai content, ſi vous vivez heureuſe,
Même au pouvoir d'un autre époux.
Quand tout un peuple m'implore,
Quand la beauté que j'adore
Eſt expoſée au trépas ;
Quel prix me faut-il encore

Pour encourager mon bras ?
La beauté que j'aurai fervie,
De fon devoir fuivra la loi ;
Un rival trop digne d'envie
Obtiendra fon cœur & fa foi ;
Mais elle me devra la vie,
Et c'eft encore affez pour moi.

ANDROMEDE à part.

Hélas ! que devient mon courage ?

PERSÉE.

De mes derniers regards vos beaux yeux font bleffés;
Vous fouffrez à me voir, mon amour vous outrage ;
Je vais chercher Médufe, & je vous aime affez
Pour ne pas vous contraindre à fouffrir d'avantage.

ANDROMEDE.

Quoi ! pour jamais vous me quittez !
Perfée ! arrêtez ! arrêtez !

PERSÉE.

Qu'entends-je ? o Dieux ! belle Princeffe !
Que vois-je ? vous verfez des pleurs !

ANDROMEDE.

Ah ! par l'excès de mes douleurs,
Connoiſſez, s'il ſe peut, l'excès de ma tendreſſe.
Voyez à quoi j'avois recours,
Pour éteindre l'ardeur qui vous fait entreprendre
Un combat funeſte à vos jours.
Hélas ! que n'ai-je pû me rendre
Indigne de votre ſecours !
Que n'êtes vous moins magnanime !
Méduſe, d'un regard, porte un trépas certain.

PERSÉE, vivement.

Et ne peut-elle pas vous prendre pour victime ?

ANDROMEDE.

Tout l'effort des mortels contre elle ſeroit vain.

PERSÉE.

Le fils de Jupiter, lorſque l'amour l'anime,
Doit aller au-delà de tout l'effort humain.

ANDROMEDE.

Par les frayeurs de l'amour le plus tendre
Ne ſerez vous point déſarmé ?

PERSÉE.

J'ignorois votre amour, & j'allois vous défendre ;

Puis-je à vous secourir être moins animé,
Quand je sais que je suis aimé ?

ANDROMÈDE.

DUO.

Soyez sensible à mes alarmes.

PERSÉE.

Je ne sens que trop vos douleurs.

ANDROMÈDE.

Partirez-vous malgré mes pleurs?

PERSÉE.

Je veux aller tarir vos larmes.

ANDROMÈDE.

Eh quoi ! mes cris sont superflus !
Hélas ! je ne vous verrai plus.

PERSÉE.

Non, non, ne me retardez plus.

ANDROMÈDE.

Vivez pour moi.

PERSÉE.

Je veux poursuivre
Le beau dessein que j'ai formé.

ANDROMÈDE.

Vous vous perdez.

PERSÉE.

Je veux pourſuivre.

ANDROMEDE.

Hélas! il eſt ſi doux de vivre,
Lorſqu'on aime & qu'on eſt aimé.
Au nom de ma tendreſſe.

PERSÉE.

Laiſſez-moi. Le tems preſſe.

ENSEMBLE.

Non, non; je vois trop bien
Votre péril extrême,
Pour m'occuper du mien.
Conſervez ce que j'aime,
Grands Dieux, & pour moi-même
Je ne demande rien.

SCENE XII.

MERCURE, PERSÉE.

MERCURE.

PErſée, où courez-vous, qu'allez-vous entreprendre?

PERSÉE.

PERSÉE.

Un peuple infortuné m'engage à le défendre.
C'est à la gloire que je cours.
Si je meurs, mon trépas sera digne d'envie.
Je laisse le soin de mes jours
Au Dieu qui me donna la vie.

MERCURE.

On reconnoît son sang au secours généreux
Que vous donnez aux malheureux.

SCENE XIII.

Entrée de CYCLOPES *&* de NYMPHES *qui viennent présenter des aîles & des armes à* PERSÉE.

UN CYCLOPE.

C'Est pour vous que Vulcain, de ses mains immortelles,
A forgé cette épée, & préparé ces aîles.
Hâtez-vous de vous signaler
Par une célébre victoire.
Chacun doit aller à la gloire,
Mais un Héros doit y voler.

(*On danse.*)

UNE *NYMPHE guerriere.*

Le plus vaillant guerrier s'abuse,
D'oser tout espérer de l'effort de son bras.
Si vous voulez vaincre Méduse,
Prenez le bouclier de la sage Pallas.

(On danse.)

LE *CHŒUR.*

Que tout l'Univers favorise
Votre généreuse entreprise.
Que l'enfer, la terre & les cieux,
Que tout l'Univers favorise
Le fils du plus puissant des Dieux.

MERCURE.

La gloire qui vous est promise,
Ne peut plus souffrir de remise;
Suivez-moi, partons de ces lieux.

LE *CHŒUR.*

Que l'enfer, *&c.*

FIN DU PREMIER ACTE.

ACTE SECOND.

Le Théâtre repréſente un Déſert affreux, & dans l'enfoncement l'Antre des Gorgones.

SCENE PREMIERE.

MÉDUSE, EURYALE, STÊNONE.

LES TROIS *ENSEMBLE.*

O Le doux emploi pour la rage,
De cauſer un affreux ravage !
Heureuſe cent fois la fureur
Dont la terreur & la mort ſont l'ouvrage !
Heureuſe cent fois la fureur
Qui remplit l'univers d'horreur !

MÉDUSE.

J'ai perdu la beauté qui me rendoit ſi vaine.
Je n'ai plus ces cheveux ſi beaux,

Dont autrefois le Dieu des Eaux
Sentît lier ſon cœur d'une ſi douce chaîne.
Pallas, la barbare Pallas
Fût jalouſe de mes appas,
Et me rendît affreuſe autant que j'étois belle ;
Mais l'excès étonnant de la difformité
Dont me punit ſa cruauté,
Fera connoître, en dépit d'elle,
Quel fût l'excès de ma beauté.
Je ne puis trop montrer ſa vengeance cruelle.
Ma tête eſt fiere encor d'avoir pour ornement
Des ſerpens, dont le ſifflement
Excite une frayeur mortelle.
Je porte l'épouvante & la mort en tous lieux ;
Tout ſe change en rocher à mon aſpect horrible ;
Les traits que Jupiter lance du haut des cieux,
N'ont rien de ſi terrible
Qu'un regard de mes yeux.
Les plus grands Dieux du ciel, de la terre & de l'onde,
Du ſoin de ſe venger ſe repoſent ſur moi.
Si je perds la douceur d'être l'amour du monde ;
J'ai le plaiſir nouveau d'en devenir l'effroi.

ENSEMBLE.

O le doux emploi, &c.

(*Un bruit harmonieux ſe fait entendre*)

EURYALE.

Dans ce triſte ſéjour qui peut nous faire entendre
Le doux bruit qui vient nous ſurprendre ?

STÉNONE.

Quels concerts ! quelle nouveauté !

MÉDUSE.

C'eſt Mercure qui vient vers cet antre écarté.

SCÊNE II.

MERCURE, LES GORGONES.

MÉDUSE.

Mon terrible ſecours vous eſt-il néceſſaire ?
De ſuperbes mortels oſent-ils vous déplaire ?
Faut-il vous en venger ? faut-il armer contre eux
Le funeſte courroux de mes ſerpents affreux ?
Où faut-il que ma fureur vole ?
Vous n'avez qu'à nommer l'empire malheureux
Que vous voulez que je déſole.

MERCURE.

C'eſt toujours mon plus cher deſir,
De voir tout l'univers dans une paix profonde.

Ne vous laſſez-vous point du barbare plaiſir
De troubler le repos du monde ?

MÉDUSE.

Puis-je cauſer jamais des malheurs aſſez grands,
Au gré de la fureur qui de mon cœur s'empare ?
C'eſt des Dieux cruels que j'apprends
A devenir barbare.

MERCURE.

Il eſt vrai qu'un fatal courroux
A trop éclaté contre vous.
Vous n'avez eu que trop de charmes.
Sans Pallas, ſans ſes rigueurs,
Vous n'auriez troublé les cœurs
Que par de douces alarmes.
En perdant vos attraits vainqueurs,
L'amour vouloit briſer ſes armes ;
Il les arroſoit de ſes larmes,
Et les plaiſirs verſoient des pleurs.

MÉDUSE.

Et que ſert de m'entretenir
D'un bien qui ne peut revenir ?
Je n'en reſſens que trop la perte irréparable.
Ah ! quand on ſe trouve effroyable,
Que c'eſt un cruel ſouvenir

De ſonger que l'on fut aimable !

MERCURE.

Je ne puis, dans votre malheur,
Vous offrir qu'un ſommeil paiſible.

MEDUSE.

Avec une vive douleur
Le repos eſt incompatible.

MERCURE, touchant la lyre.

O tranquille ſommeil, que vous êtes charmant !
Que vous faites ſentir un doux enchantement !
Dans la plus triſte ſolitude,
Votre divin pouvoir calme l'inquiétude ;
Vous ſavez adoucir le plus cruel tourment.
O tranquille ſommeil, que vous êtes charmant !

Jouiſſez du repos dans ce lieu ſolitaire.

LES GORGONES.

Non, ce n'eſt que pour la colere
Que nos cœurs malheureux ſont faits.

MERCURE.

O ſommeil, viens leur rendre & le calme & la paix.

LES GORGONES.

Non, le repos ne peut nous plaire ;
Nous y renonçons pour jamais.

MERCURE.

Il faut céder, il faut vous rendre
Au charme qui vient vous ſurprendre.

LES GORGONES.

Il faut nous rendre, malgré nous,
Au charme d'un ſommeil ſi doux.

SCENE III.

MERCURE, PERSÉE.

MERCURE, montrant à PERSÉE *l'Antre où* MÉDUSE *s'eſt retirée.*

C'Eſt là que vous attend le monſtre épouvantable.
Je ne puis plus rien pour vos jours.

SCENE IV.

PERSÉE, ſeul.

OU vais-je? ah! j'en frémis! ô moment redoutable!
Cherchons notre dernier ſecours
Dans un courage inébranlable.
Je vais combattre, & c'eſt pour toi;
Dieu de mon cœur! viens à mon aide.

La

La mort qui menace Andromede,
Eſt le ſeul danger que je voi.
Dieu de mon cœur! viens à mon aide.
Je vais combattre, & c'eſt pour toi.
Ah! je me croyois intrépide,
Quand je ne vivois que pour moi.
Amour, tu m'as rendu timide:
Le tendre intérêt qui me guide,
Eſt mêlé de trouble & d'effroi.

Je vais combattre, *&c.*

(*Sur quelques meſures de ſymphonie, qui expriment la réſolution courageuſe de.* PERSÉE, *il pénetre dans l'Antre, l'épée à la main, & il en ſort l'inſtant d'après, portant la tête de* MÉDUSE.)

SCENE V.

PERSÉE, EURYALE, STÉNONE.

PERSÉE.

LE monde eſt délivré d'un fléau ſi terrible.
Il a péri, ce monſtre horrible;
Le ciel s'eſt ſervi de mon bras..

LES DEUX *GORGONES.*

Tu fais périr Méduſe! ah! traître, tu mourras.

(*Une noire vapeur s'exhale de l'Antre, & forme dans l'air un nuage chargé de ſerpens aîlés.*)

LES DEUX GORGONES.

Monſtres, cherchez votre victime;
Vengez le ſang qui vous anime.
Servez nos fureurs, armez-vous;
Vengeons Méduſe, vengeons-nous.

SCENE VI.

MERCURE, PERSÉE, EURYALE, STÉNONE.

MERCURE.

PErſée, allez, volez où l'amour vous appelle.
(*Vol de* PERSÉE *ſur un nuage brillant & léger.*)
Gorgones, déſormais vous ſerez ſans pouvoir.
Ce lieu n'eſt pas pour vous un ſéjour aſſez noir.
Venez dans la nuit éternelle.

LES DEUX GORGONES.

Quels gouffres profonds ſont ouverts!
Ah! nous tombons dans les enfers.

(MERCURE *deſcend aux Enfers avec les deux* GORGONES.)

Le Théâtre change, & repréſente le Veſtibule du Palais de CÉPHÉE.

SCENE VII.

ANDROMEDE, seule.

QU'ai-je fait? malheureuse! ai-je pu consentir
A lui voir affronter ce monstre épouvantable?
Pour chercher une mort terrible, inévitable,
Devois-je le laisser partir?
Il est bien tems que je frémisse!
Ah! s'il vouloit mourir pour moi,
Falloit-il que je le permisse?
Que lui sert, à présent, mon trouble & mon effroi?
Persée! ô douleur mortelle!
Ma voix en vain le rappelle.
Mes yeux ont beau le chercher.
Méduse! ô dieux! devant elle
Tout se transforme en rocher!
Persée! ô douleur mortelle,
Ma voix en vain le rappelle;
Mes yeux ont beau le chercher.
Je succombe à mes alarmes,
Vains regrêts! tardives larmes!
Vains regrêts! vœux superflus!
Mon amant ne m'entend plus;
Hélas! il ne m'entend plus.

SCENE VIII.

CÉPHÉE, CASSIOPE, ANDROMEDE, PHINÉE, LE PEUPLE *traversant le Théâtre.*

LE CHŒUR.

LE voilà ! c'est lui, c'est lui-même.

CÉPHÉE.

Il vole.

CASSIOPE.

Il fend les airs.

ANDROMEDE.

Il revient triomphant.

LE CHŒUR.

O prodige ! ô bonheur extrême !
Allons tous honorer le bras qui nous défend.

SCENE IX.

PHINÉE, *seul.*

QUe le Ciel pour Persée est prodigue en miracles!
Qui n'eut pas dit qu'un monstre furieux
M'auroit débarrassé d'un rival odieux?
Cependant, malgré tant d'obstacles,
Mon rival est victorieux.
Il s'est fait des routes nouvelles;
Il a volé pour hâter son retour;
Et Mercure & l'Amour
Ont pris soin, à l'envi, de lui prêter des aîles.
Le Peuple croit tout lui devoir;
On entend de son nom retentir le rivage.
Comme un Dieu tutélaire on va le recevoir.
Qu'Andromede a paru contente de le voir!
Quelle gloire pour lui! quel charmant avantage!
Et pour moi quelle rage,
Et quel horrible désespoir!
Ah! que plutôt l'enfer vomisse
Tout ce qu'il a de plus affreux.
Autour de moi que tout gémisse;
Autour de moi que tout frémisse;

Qu'avec moi tout ſoit malheureux.
Andromede, à mes vœux ravie,
Suivroit mon rival à l'Autel !
Et moi, dans mon dépit mortel,
Dévoré d'amour & d'envie,
J'irois, dans le fond des Forêts,
Cacher ma honte & mes regrets !

Ah ! que plutôt, *&c.*

SCENE X.

ORCAS, PHINÉE.

ORCAS.

O Dieux ! ô nouvelle infortune !

PHINÉE.

Quel eſt-il, ce nouveau malheur ?

ORCAS.

Il va changer en deuil l'allégreſſe commune.

PHINÉE.

Ah ! tu ſoulages ma douleur.

ORCAS.

Junon dans ſa vengeance intéreſſe Neptune.

Un monstre, enfant des eaux, va venir dévorer
L'innocente Andromede.
Et Thétis & ses sœurs viennent de déclarer,
Qu'il n'est plus permis d'espérer
De voir finir nos maux, sans cet affreux remede.

PHINÉE.

Je respire. Les Dieux ont soin de me venger.

ORCAS.

Verrés-vous sans frémir Andromede en danger ?

PHINÉE.

L'amour meurt dans mon sein ; la rage lui succede.
J'aime mieux voir un monstre affreux
Dévorer l'ingrate Andromede,
Que la voir dans les bras de mon rival heureux.
(*Il sort.*)

SCÊNE XI.

CÉPHÉE, CASSIOPE, ANDROMEDE, PERSÉE, PEUPLE.

LE *CHŒUR.*

O Gloire ! ô valeur sans seconde !
O le plus hardi des travaux ?

Du plus terrible des fléaux
Perſée a délivré le monde.

CÉPHÉE & CASSIOPE.

Qu'on invente pour lui des triomphes nouveaux.
Qu'aux horreurs d'une nuit profonde
Succedent les jours les plus beaux.

(*La Fête eſt le Triomphe de* PERSÉE, *& l'expreſſion de la reconnoiſſance & de l'allégreſſe publique.*)

TOUS *ENSEMBLE.*

Quel bruit! quel tremblement! quel orage effroyable!

PROTENOR.

Venez, accourez tous. O prodige incroyable!

CÉPHÉE.

A quel nouveau malheur ſommes-nous expoſés?

LE *CHŒUR.*

Dieux! n'êtes-vous point appaiſés?

FIN DU SECOND ACTE.

ACTE TROISIEME.

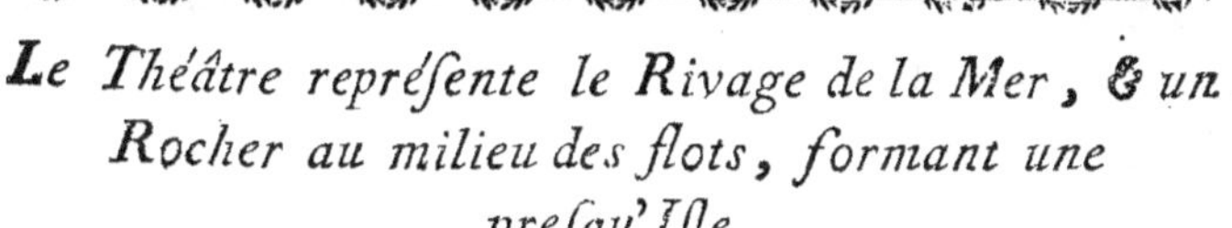

Le Théâtre repréſente le Rivage de la Mer, & un Rocher au milieu des flots, formant une preſqu'Iſle.

SCENE PREMIERE.

CASSIOPE, CÉPHÉE, LE PEUPLE.

LE *CHŒUR.*

O Neptune ! ô Junon ! ô deſtin lamentable !
Ce monſtre va tout dévorer.
Méduſe étoit moins redoutable.
De ce danger inévitable
Quel Dieu viendra nous délivrer ?

O Neptune, *&c.*

SCENE II.

ANDROMEDE, PERSÉE, CASSIOPE, CÊPHÉE, LE PEUPLE.

ANDROMEDE en accourant.

MOn pere! au nom des Dieux, que votre amour s'oppose
A ce nouveau danger qu'il brûle de courir.
Sans nous sauver il va périr :
Ne consentez pas qu'il s'expose.

CEPHÉE.

Hélas! c'est donc aux Dieux que je dois recourir.

PERSÉE, à ANDROMEDE.

AIR.

Non, c'est pour vous que je respire;
C'est pour vous que je veux mourir.
(*à CÉPHÉE.*)
Un Dieu m'appelle, un Dieu m'inspire.
Rendez le calme à votre empire,
J'espere encor vous secourir.
Oui c'est pour vous, *&c.* (*PERSÉE sort.*)

SCENE III.

UN TRITON, & *les* PRÉCÉDENTS.

LE *TRITON s'élevant au-dessus des eaux.*

N'Espérez pas que Junon céde,
Ni qu'elle se laisse toucher.
Pour la fléchir, il faut, sur ce rocher,
Qu'au monstre on expose Andromede.

CEPHÉE.

Andromede!

CASSIOPE.

Ma fille!.. où fuir? où te cacher?

LE *CHŒUR.*

O Ciel! ô rigueur trop sévère!

CASSIOPE.

Il faut que des bras de sa mere
Le monstre la vienne arracher.

ANDROMEDE.

Dieux! qui me destinez une mort si cruelle,
Hélas! pourquoi me flattiez-vous
De l'espoir d'un destin si doux?

O ſouvenir charmant qu'en mourant je rappelle !
Le fils de Jupiter eut été mon époux.
Ah ! que ma vie eut été belle !
Dieux ! qui me deſtinez une mort ſi cruelle,
Hélas ! pour quoi me flattiez-vous
De l'eſpoir d'un deſtin ſi doux ?
Vous, dont je tiens la vie, & vous, Peuple fidèle,
Jouiſſez par ma mort d'une paix éternelle :
Je vaix fléchir les Dieux irrités contre vous ;
Et ſi ma mere, eſt criminelle,
Par le ſang que j'ai reçu d'elle,
C'eſt à moi d'appaiſer le céleſte courroux.

CÉPHÉE & CASSIOPE.

Ah ! quel effroyable ſupplice !
Dieux ! ô Dieux ! quelle cruauté !

CÉPHÉE.

Je perds ma fille, hélas ! le Ciel propice
Me la donna pour ma félicité ;
Aujourd'hui, le Ciel irrité
Veut qu'un monſtre me la raviſſe !

CÉPHÉE & CASSIOPE.

Ah ! quel effroyable ſupplice, *&c.*

CASSIOPE.

C'eſt ma funeſte vanité ;

C'eſt mon crime, grands Dieux, qu'il faut que l'on puniſſe.
Ma fille n'eſt pas ma complice ;
Et vos décrets vengeurs contre elle ont éclaté !
Dieux ! pouvez-vous vouloir qu'Andromede périſſe?
Sa jeuneſſe ni ſa beauté
N'ont-elles rien qui vous fléchiſſe ?
La vertu, l'innocence a-t-elle mérité
Les rigueurs de votre juſtice ?

LE *CHŒUR.*

Ah ! quel effroyable ſupplice !
Dieux ! ô Dieux ! quelle cruauté !

CASSIOPE.

AIR.

Des maux que j'ai faits
J'implore la peine.
Sur moi de la haine
Lancez tous les traits.
Suprême puiſſance,
Laiſſez l'innocence
Reſpirer en paix.

Des maux que j'ai faits, *&c.*

(*Ici, l'on apperçoit un Monſtre qui nâge dans l'éloignement.*)

CÉPHÉE, CASSIOPE, LE *CHŒUR.*

Le monſtre approche du rivage ;
Il va couvrir nos champs de morts.
Où fuir ! quel horrible ravage
Il va faire, hélas ! ſur nos bords !

ANDROMEDE.

O mon pere ! ô mere trop tendre !...
Non, ce ne ſont pas mes adieux.
Je puis encor fléchir les Dieux ;
Et celui des Mers va m'entendre.
Hélas ! par des liens ſi doux,
Votre amour m'attache à la vie !
Vous m'avez donné pour époux
L'objet dont mon ame eſt ravie.
Vivre pour lui, vivre pour vous,
Eſt un ſort ſi digne d'envie,
Que les Dieux même en ſont jaloux.

O mon pere, *&c.*

(*Elle s'approche du rivage.*)

Junon ! j'obéis à ta loi.

Et vous, Tritons, recevez-moi.

(*Elle s'élance sur les rochers, qu'à l'instant les flots environnent & séparent du continent.*)

SCENE IV.

LES TRITONS, & *les* PRÉCÉDENTS.

CASSIOPE.

MA fille !

LE CHŒUR.

O bonté secourable !

CÉPHÉE & CASSIOPE.

Ma fille !

LE CHŒUR.

O malheur déplorable !

CASSIOPE.

Elle se dévoue au trépas.

LE CHŒUR.

O Princesse adorable !
Vous ne méritiez pas
Un si cruel trépas.

CHŒUR de TRITONS
Enchaînant ANDROMEDE.

Tremblez, tremblez, ſuperbe Reine.
Tremblez, mortels audacieux.
Que votre orgueil apprenne
A reſpecter les Dieux.

CASSIOPE.

Ah! quelle vengeance inhumaine!

CÉPHÉE.

Andromede!

CASSIOPE.

Ma fille! ô Dieux!

ANDROMEDE.

Recevez mes tendres adieux.

CÉPHÉE.

Ah! quelle vengeance inhumaine!

CASSIOPE.

Que ces Dieux ſont cruels! qu'ils ſont ingénieux!
A faire reſſentir leur haine!

CÉPHÉE.

Andromede!

CASSIOPE.

CASSIOPE.

Ma fille ! ô dieux !

ANDROMEDE.

Recevez mes tendres adieux.

CÉPHÉE & CASSIOPE.

Le monſtre approche de ces lieux.
Ah ! quelle vengeance inhumaine !

LES *TRITONS.*

Tremblez, mortels audacieux.

ANDROMEDE.

Je ne vois point Perſée, & je flattois ma peine
Du conſolant eſpoir de mourir à ſes yeux.

CÉPHÉE & CASSIOPE.

Il vole, il vient à nous ce héros glorieux.

ANDROMEDE.

A s'expoſer pour moi vainement il s'obſtine.

SCENE V.

PERSÉE & *les* PRÉCÉDENS.

LES *TRITONS.*

TÉméraire Perſée, arrêtez, reſpectez
La vengeance divine.

CÉPHÉE, CASSIOPE & LE PEUPLE.

Magnanime héros, combattez, méritez
Le prix que l'amour vous deſtine.

(*Vol de* PERSÉE *qui perce le Monſtre d'un javelot.*)

LES *TRITONS.*

Le fils de Jupiter brave notre courroux
(LES TRITONS *ſe replongeant dans la mer.*)
Le monſtre eſt tombé ſous ſes coups.

TOUS *ENSEMBLE.*

Le monſtre eſt tombé ſous ſes coups.

PHINÉE, ſe précipitant dans les flots.

O mort! délivre-moi de ce Spectacle horrible.

CASSIOPE, CÉPHÉE, LE *CHŒUR.*

Le monſtre eſt mort ; Perſée en eſt vainqueur.
Quand l'amour anime un grand cœur,
Il ne trouve rien d'impoſſible.

(*Pendant ce Chœur,* PERSÉE *détache les chaînes d'*ANDROMEDE.

ANDROMEDE & PERSÉE.

Ah ! que votre danger me paroiſſoit horrible !

LE *CHŒUR.*

Honorons le Héros
Qui nous rend le repos.
Sa valeur à ſon gré fait voler la victoire.
Tour à tour la terre & les flots
Sont le Théâtre de ſa gloire.
Honorons le Héros
Qui nous rend le repos.

(*Le Théâtre change, & s'embellit ; Vénus deſcend du ciel avec toute ſa Cour.*

SCENE DERNIERE.

VÉNUS, *ſa Cour & les* PRÉCÉDENS.

VÉNUS.

MOrtels, vivez en paix. vos malheurs ſont finis.
Jupiter vous protege en faveur de ſon fils.
A ce Dieu tout-puiſſant tous les Dieux veulent plaire,
Et Junon même enfin appaiſe ſa colere.

(*On danſe.*)

VÉNUS, après la Fête.

Caſſiope, Céphée, & vous, heureux Époux,
Prenez place au ciel avec nous.

(*Tandis que* CASSIOPE, CÉPHÉE, ANDROMEDE *&* PERSÉE *s'élevent au ciel ſur des nuages, le* PEUPLE *célebre leur gloire, par un Ballet général qui termine le Spectacle.*)

FIN.

APPROBATION.

J'AI lu, par ordre de Monſeigneur le Garde des Sceaux, l'Opéra de *PERSÉE*, *Tragédie Lyrique*, & j'ai crû qu'on pouvoit en permettre l'impreſſion.

A Paris ce 13 Octobre 1780. BRET.

www.ingramcontent.com/pod-product-compliance
Lightning Source LLC
LaVergne TN
LVHW010004230826
846092LV00002B/644

9782329671536